ResumenExpress.com

La vida como usuario

de Georges Perec

GUÍA DE LECTURA

Escrita por Amandine Farges
Traducida por Juan Lopez

La vida como usuario

de Georges Perec

Entiende fácilmente la literatura con

ResumenExpress.com

www.ResumenExpress.com

GEORGES PÉREC

ESCRITOR FRANCÉS

- **Nacido en 1936 en París**

- **Fallecido en 1982 en Ivry-sur-Seine**

- **Algunas de sus obras:**

  - *Las cosas* (1965), novela

  - *La desaparición* (1969), novela

  - *W o el recuerdo de la infancia* (1975), relato

Nacido en 1936 de padres judíos polacos, Georges Pérec quedó huérfano a los 7 años (su padre murió en la guerra y su madre fue deportada).

Tras estudiar literatura, publicó su primera novela, *Les Choses*, en 1965, que obtuvo el Prix Renaudot. Influido por Raymond Queneau, integró en sus escritos posteriores (el lipograma en *La Disparition* o el monovocalismo en *Les Revenentes*) las limitaciones científicas del OuLiPo, del que se hizo miembro en 1967.

En 1975, vuelve a su infancia en *W ou le Souvenir d'enfance*, en la que alterna la autobiografía con la novela de aventuras. En 1978, pública *La Vie mode d'emploi*, obra ambiciosa a todos los niveles y que será la obra de su consagración.

Aparte de sus actividades como escritor, Georges Pérec fue también un talentoso cruciverbalista.

Murió en 1982, dejando numerosos textos que se publicaron póstumamente, enriqueciendo así una obra en la que, a través del gusto por las historias y el amor por el lenguaje, siempre se puede leer la angustia de la desaparición.

LA VIDA COMO USUARIO

TOTAL NOVELA

- **Género:** novela

- **Edición de referencia:** *La Vie mode d'emploi*, París, Le Livre de poche, 1986, 706 p.

- **1ª edición:** 1978i

- **Temas:** arte, OuLiPo, sociología, novelas, inventario, muerte

Novela de monstruos, *La Vie mode d'emploi* describe en 6 partes y 99 capítulos (uno por habitación) la vida de los habitantes del edificio situado en el número 11 de la rue Simon-Crubellier (una calle imaginaria del distrito 17 de París), de 1875 a 1975.

Construida a la manera de un rompecabezas, la escritura de esta obra responde a 42 restricciones narrativas asociadas a un modelo matemático, todo ello expuesto en especificaciones muy precisas en forma de cuadros complejos (restricciones, cronología, historias, etc.). Por ejemplo, el autor ha creado "parejas", reuniendo una mesa y un libro, que se supone inspirarán la redacción de 10 capítulos cada una.

La Vie mode d'emploi, que tardó nueve años en escribirse, es la obra maestra de Georges Pérec. En efecto, con ésta, o más bien con estas novelas, el autor demuestra su increíble dominio de las restricciones formales que, sin embargo, dejan (y ésta es la prueba de su genialidad) mucho espacio al placer de la lectura.

El libro ganó el Prix Médicis en 1978, año de su publicación, y es citado constantemente como referencia por un amplio abanico de escritores.

RESUMEN

La Vie mode d'emploi es el producto de un complejo sistema de reglas y restricciones. Respondiendo en 1978 a las preguntas de Jean-Jacques Brochier (periodista francés y director del *Magazine littéraire* de 1968 a 2004), el propio Georges Perec señaló que "el libro se ha convertido en una verdadera máquina de contar historias, tanto relatos que caben en tres líneas como otros que se extienden a lo largo de varios capítulos".

Construido en 99 pequeños capítulos (equivalentes al número de habitaciones del edificio), el autor cuenta más de un centenar de historias o novelas cortas repartidas a lo largo de un siglo en *La Vie mode d'emploi* (y que se enumeran en el apéndice: "Recordatorio de algunas de las historias contadas en este libro").

De este conjunto, que sólo adquiere todo su sentido en su totalidad, dominan, sin embargo, ciertas historias, porque son las de los protagonistas: su estancia en el edificio bate récords de longevidad y vuelven en múltiples partes del libro, sirviendo de hilo conductor y de cronología al conjunto.

De hecho, Serge Valène se trasladó al número 11 de la rue Simon-Crubellier en 1919 y fue en 1925 cuando comenzó a dar clases de acuarela a su vecino Bartlebooth. Ese mismo año se instaló un ascensor en el edificio. En 1932, Gaspard y Marguerite Winckler se instalaron en el edificio, dos años después de casarse. Inmediatamente conocieron a Valène en una cena organizada por Bartlebooth. Bartlebooth, fiel a su proyecto de vida, viaja de 1935 a 1955. En 1937 invitó a sus vecinos a reunirse con él a bordo de su yate entre Trieste y Doubrovnik.

Por supuesto, es el loco proyecto de Bartlebooth lo que constituye la trama más rica de la novela, ya que este personaje decide "frente a la inextricable incoherencia del mundo, [...] cumplir hasta el final un programa, limitado sin duda, pero entero, intacto, irreductible" (p. 156). Tomó esta decisión cuando sólo tenía veinte años, y este programa le ocupó hasta los setenta y cinco. De hecho, de los veinticinco a los treinta y cinco años decidió dedicarse a la acuarela, y pasó los veinte años siguientes viajando por el mundo y pintando paisajes que enviaba a Winckler para que los transformara en un puzzle. En 1955, inició un nuevo periodo de veinte años dedicado a reconstituir estos 500 rompecabezas antes de destruirlos sistemáticamente para que, y éste es todo el sentido de este proyecto, no quede rastro alguno de esta operación a la que ha dedicado toda su vida. Por desgracia, a pesar del gran rigor de Bartlebooth, varios granos de arena se cuelan en los engranajes de este plan perfecto. En primer lugar, se sometió a una operación de cataratas en 1973 y su vista se fue deteriorando gradualmente. Sin embargo, logró superar este obstáculo y siguió aplicando su programa. Del mismo modo, desoyó la oferta de Beyssandre, agente de un mecenas que le había encargado constituir la más rica colección privada de pintores vivos. Para conseguirlo, el agente ofrece a Bartlebooth comprarle las acuarelas fragmentadas que le quedan por diez millones de dólares.

Cuando esta oferta es rechazada, es finalmente la "larga venganza que [Gaspard Winckler] ha labrado con tanta paciencia y esmero" (p. 22) la que hará que Bartlebooth tropiece a las puertas de su proyecto. Un proyecto que intenta completar con su último aliento, ya que tras enterarse de la muerte del cámara encargado de filmar la destrucción del puzzle 438e, su propia muerte le sorprende mientras está en proceso de completar su puzzle 439. [e]

Alrededor de esta historia, que podríamos calificar de extraordinaria, se desarrollan otras muchas intrigas, relacionadas con los distintos habitantes del edificio. Siendo la ambición del autor, como él mismo dice, "agotar la realidad", no deja de informarnos de muchos detalles de la vida cotidiana. En efecto, según él: "Lo que realmente ocurre, lo que vivimos, el resto, todo lo demás, ¿dónde está? Lo que ocurre cada día y lo que vuelve cada día, lo banal, lo cotidiano, lo obvio, lo común, lo ordinario, lo infraordinario, el ruido de fondo, lo habitual, ¿cómo podemos dar cuenta de ello, cómo podemos cuestionarlo, cómo podemos describirlo?" (*L'Infra-ordinaire*, 1989).

ESTUDIO DE CARACTERES

GASPARD WINCKLER

La novela comienza con la visita de un agente inmobiliario que se encarga del inventario de enseres del piso de este personaje, fallecido dos años antes, sin dejar familia. A lo largo del libro se relatan diversos episodios de su vida, que nos permiten comprenderla mejor. Nos enteramos de que a los 19 años, Gaspard Winckler, sin ataduras ni carrera profesional, se había alistado y pasado 18 meses "no lejos del Marruecos español, donde no tenía prácticamente nada que hacer, salvo tallar bolos exageradamente trabajados para tres cuartas partes de la guarnición" (p. 311). (p. 311) Recién llegado de África, en 1930, conoce en Marsella a Marguerite, que se convertirá en su esposa y con la que se instala en el número 11 de la rue Simon-Crubellier. Muchos años después de este traslado, y tras perder a su mujer, fue contratado por Bartlebooth para hacer puzzles. Una vez finalizado este trabajo, en 1955, empezó a fabricar anillos, y después se dedicó a los "espejos brujos", cesando toda actividad dos años antes de su muerte. Era un hombre solitario, y una de sus únicas ocupaciones era pasear por el Parc Monceau, a lo que acabó renunciando. Sólo salía a comer a casa de Riri y a jugar al backgammon con su vecino, el farmacéutico Morellet (juegos que podían ponerle frenético, el hombre que era tan tranquilo) antes de morir el 29 de octubre de 1973.

MARGUERITE WINCKLER

Esposa de Gaspard, trabajaba para un coleccionista de instrumentos musicales antiguos que la empleaba por sus dotes decorativas. Después trabajó por su cuenta como miniaturista. Es una mujer muy precisa que "paradójicamente sentía una atracción irresistible por el desorden" (p. 309), como demuestra la descripción de su mesa (p. 310). Es una "mujer amable y risueña que miraba el mundo con tanta claridad". Suele pasear con su vecina, la profesora de dibujo Valène, que acaba confesándole su amor. A través de sus ojos, nos enteramos de que "era discretamente guapa: tez pálida salpicada de pecas, mejillas ligeramente hundidas, ojos azul grisáceo" (p. 309). Murió "en noviembre de mil novecientos cuarenta y tres, dando a luz a un niño muerto". (p. 313)

SERGE VALÈNE

Serge Valène es pintor. Nacido en Étampes, empezó a alquilar la habitación de su criada en el piso 7e del edificio cuando llegó a París con 19 años para asistir a la Escuela de Bellas Artes. Nunca lo abandonó y murió en 1975, tras haberse convertido en el decano del edificio. El capítulo LI está dedicado al inventario de esta habitación, situada encima del estudio de Gaspard Winckler, y de las obras que dieron forma a Valène. El artista dio clases de pintura y enseñó acuarela en Bartlebooth durante diez años. Nunca salió de su habitación, donde murió en 1975. Era muy amigo de Winckler y estaba secretamente enamorado de su esposa, Marguerite. Conoció a la pareja unos días después de mudarse a casa de Bartlebooth, quien invitó a los tres a cenar. Poco antes de su muerte, que sigue de cerca a la de Barblebooth, había concebido un plan para un cuadro "total" que representaría todo el edificio, incluido él mismo (capítulo LI). Sin embargo, cuando lo encuentran muerto, "el lienzo estaba prácticamente en blanco: unas pocas líneas de carboncillo cuidadosamente trazadas lo dividían en cuadrados regulares, el esbozo de un plano transversal de un edificio que ninguna figura habitaría en lo sucesivo" (p. 602).

BARTLEBOOTH

Nacido en 1900 y fallecido en 1975, su nombre está construido a partir de dos apellidos: Bartelby, personaje imaginado por el escritor estadounidense Herman Melville, y Barnabooth, doble literario de Valery Larbaud. Hombre rico, tiene un ayuda de cámara, Smautf, así como un chófer, una cocinera, una pinche de cocina, una sumiller, una doncella, un mozo de cuadra y un lacayo. Para "todo el mundo en el edificio, [él es] el símbolo mismo de la flema británica, la discreción, la cortesía, la educación, la exquisita urbanidad" (p. 418). Su salón está lleno de maravillas (véase el capítulo LXXXVII), pero como "el dinero, el poder, el arte, las mujeres no interesaban a Bartlebooth". Ni ciencia, ni siquiera juegos" (p. 157), pone en marcha un proyecto al que decide dedicar su vida, siguiendo un programa muy preciso. En primer lugar, y durante diez años, aprende el arte de la acuarela. Tomó clases con Valène, y así fue como descubrió el edificio y compró un piso allí cuando aún no había cumplido los 30 años. Durante los veinte años siguientes, viajó por todo el mundo para pintar quinientas marinas (según un mecanismo bien ensayado que se describe en las páginas 80 a 84) que enviaba a Winckler, para que éste las transformara en un rompecabezas. Finalmente, durante otros veinte años, reconstituye los rompecabezas y luego los destruye. Para ello, vuelve a vivir al número 11 de la rue Simon-Crubellier, donde los habitantes le ven con "sus habituales pantalones grises de franela, una chaqueta de cuadros y una de esas camisas de hilo escocés que tanto le gustaban" (p. 166). Rechaza las propuestas de Beyssandre, una coleccionista, que quiere volver a comprar sus acuarelas fragmentadas a un alto precio, y muere antes de haber completado todo su proyecto, con una pieza del rompecabezas en la mano.

LOS DEMÁS HABITANTES

Por supuesto, hay muchos otros personajes que podrían mencionarse, ya que en *La vida en el trabajo* participan más de 2000 personas. Sin embargo, sólo mencionaremos los más importantes.

Hortense, "una treintañera de rostro duro y ojos preocupados" (p. 237), es cantante de pop. Alcanzó el éxito cambiando de género y dejando atrás los años que vivió como Sam Horton.

Gregoire Simpson es despedido de su trabajo en una biblioteca debido a una reducción de personal. Tras este despido, comenzó a vagar por París, con la atención centrada en mil objetos, y luego, perdiendo el norte, acabó encerrándose en la habitación que ocupaba en el edificio. "A pesar del sonido de su nombre, Gregoire Simpson no era en absoluto inglés. Procedía de Thonon-les-Bains. (p. 307)

Los Danglar son una pareja de magistrados cuya perversión sexual consiste en cometer robos. Fueron detenidos "el 5 de enero mientras intentaban pensar clandestinamente en Suiza". Y se supo con asombro que el alto magistrado y su esposa habían cometido, desde el final de la guerra, una treintena de robos, cada uno más atrevido que el anterior." (p. 491).

También conocemos a **Fernand de Beaumont,** el arqueólogo y amigo de Bartlebooth que se suicidó el 12 de noviembre de 1935, dejando atrás a su esposa, Vera, y a su "hija de seis años, Elizabeth, que nunca había visto a su padre, que estaba fuera de París en sus excavaciones" (p. 39).

CLAVES DE LECTURA

LA VIE MODE D'EMPLOI, OULIPIEN BOOK

OuLiPo u Ouvroir de Littérature Potentielle fue creado en 1960 por François Le Lionnais (ingeniero y matemático francés, 1901-1984) y Raymond Queneau (escritor francés, 1903-1976). Este grupo, que reunía a personalidades literarias y científicas, se fijó como objetivo experimentar con diversas restricciones literarias (como el abécédaire, el lipograma, el palíndromo, el soneto dibujado, etc.).

En las reuniones mensuales, los miembros realizan ejercicios estilísticos, o incluso crean otros nuevos, pero también analizan obras antiguas en las que los autores han utilizado, de forma más o menos consciente, restricciones. A estos autores se les denomina "plagiarios anticipatorios".

Entre las obras destacadas que vieron la luz gracias a OuLiPo, podemos citar: *Cent mille milliards de poèmes* de Raymond Queneau, basada en el principio de la poesía combinatoria, *La Disparition*, el famoso lipograma ("falta una letra", en este caso la e) de Georges Perec, y *La Vie mode d'emploi* del mismo autor.

El mandato de *La Vie mode d'emploi*

Para *La Vie mode d'emploi*, Georges Perec aplicó así el sistema de coacción instituido por OuLiPo. Aunque lo utilizaba mucho, su talento consistía sobre todo en hacerlo casi invisible en sus textos. En este enfoque, le interesaba especialmente la forma en que el ejercicio podía ser generador de escritura. De hecho, al leer la obra, la restricción es invisible, subyacente, y por tanto no pesa en absoluto sobre el lector. Mientras que algunos disfrutarán detectando, bajo la multiplicidad de historias, la coacción que les dio vida, otros serán libres de dejarse llevar Isimplemente por el puro placer de la lectura. Sobre todo porque para *La Vie mode d'emploi*, las limitaciones son múltiples y muy sofisticadas. De hecho, las especificaciones que rigieron la redacción del texto son ricas y complejas. El autor tardó diez años en terminar el libro, cuya idea nació de una carta que le envió otro miembro del OuLiPo, Claude Berge, sobre el reciente descubrimiento del "bicuadrado latino ortogonal de orden 10". Esta retícula y su complejo sistema de distribución, asociado a la poligrafía del caballo (del juego del ajedrez), están en el origen de la estructura de la obra, cuya construcción seguirá este deambular por las diferentes estancias del edificio.

La restricción como generadora de escritura e historias

El primer objetivo de Georges Perec era interesarse por la vida de los habitantes de un edificio. Sólo quedaba organizar esta "visita" que se invita a hacer al lector, saltando de una habitación a otra, de un personaje a su vecino, de una historia a la siguiente. Para que esta búsqueda del tesoro sea rica e interesante, Perec ha creado una especie de "banco de datos" que constituye la segunda limitación del libro. Una vez más, el pliego de condiciones arroja mucha luz sobre su manera de hacer las cosas, ya que tenemos acceso a los 420 elementos, organizados en grupos de 10, que el autor utilizará para enriquecer su texto. Él mismo lo explicaba en una entrevista con Jean-Jacques Brochier en 1978: "Al principio, disponía de 420 elementos, distribuidos en grupos de diez: nombres de colores, número de personajes por habitación, acontecimientos como América antes de Colón, Asia en la Antigüedad o la Edad Media en Inglaterra, detalles de mobiliario, citas literarias, etc. Todo ello me proporcionaba una especie de fondo para mi trabajo. Todo esto me proporcionó una especie de marco [...]. En cada capítulo, algunos de estos elementos tenían que encajar. Ésa era mi cocina, un andamiaje que tardé casi dos años en construir. Una vez establecido este marco, Georges Perec pudo dar los últimos retoques a toda la obra.

GEORGES PEREC, CONSTRUCTOR DE NOVELAS

Si Proust pretende haber construido su obra como una catedral, Perec opta por un edificio... Presentó su proyecto en 1974 en *Espèces d'Espaces*: "Imagino un edificio parisino cuya fachada ha sido retirada [...] para que, desde la planta baja hasta el ático, todas las estancias de la fachada sean instantánea y simultáneamente visibles". Este edificio parisino de seis plantas está situado en el número 11 de la rue Simon-Crubellier -una calle imaginaria del distrito 17e - y está poblado por numerosos habitantes, cada uno con una historia que, como un puzzle, sólo tiene sentido dentro del sistema (es decir, del edificio). Los elementos dispersos, constituidos por las novelas cortas de diversos géneros y registros, adquieren todo su sentido y legibilidad cuando se juntan.

En este sentido, Perec forma parte de una corriente literaria moderna, ya que su enfoque va en contra de los métodos imperantes en el siglo anterior. De hecho, el siglo XIXe nos había acostumbrado a las trayectorias individuales (como podría haber sido el caso de *Une vie* de Guy de Maupassant o *Madame Bovary* de Gustave Flaubert), mientras que aquí la existencia sólo tiene sentido en relación con el todo en el que está inserta. Las existencias más ordinarias -pues Perec se fija en la vida infraordinaria del edificio- adquieren una resonancia, una importancia dentro de esta novela total que no puede, por definición, prescindir de las vidas más pequeñas. Y para convocar esas vidas, Perec recurre a enumeraciones más largas que las demás, que acaban pareciendo un intento de agotar la realidad (¿no se titulaba su anterior libro *Tentative d'épuisement d'un lieu parisien*?). Este deseo está presente en el texto mismo de *La Vie mode d'emploi*, retomado por Bartlebooth cuyo "deseo sería, describir, agotar, no la totalidad del mundo -proyecto que sólo su enunciado basta para arruinar- sino un fragmento constituido de él". (p. 156)

Al hacerlo, las descripciones de la mayoría de los lugares parecen inspirarse en la técnica pictórica del hiperrealismo. Como en la Nueva Novela, los personajes no tienen una psicología particular, cobran vida a través de sus acciones o de la descripción de sus interiores y de lo que hay dentro. Esta novela total es, por tanto, muy referencial. De hecho, se citan muchas obras maestras de diversas artes (pintura, literatura) para pintar el retrato de los distintos personajes. Pero, una vez más, el talento de Perec consiste en no hacer que estas referencias resulten abrumadoras para el lector.

PERCIVAL BARTLEBOOTH, EJE DE LA OBRA

En el centro de esta galaxia de destinos individuales se encuentra Percival Bartlebooth. Hombre adinerado y sin deseos particulares, ha dedicado su vida a la realización de un proyecto cuyo resultado consiste nada menos que en su propia aniquilación. De hecho, se ha fijado un programa en tres etapas: diez años para aprender el arte de la acuarela, veinte para pintar quinientas marinas y transformarlas en un rompecabezas, y otros veinte para reconstituirlas antes de hacerlas desaparecer por completo. Artista total, se fijó como objetivo que "no quedara rastro alguno de esta operación que, durante cincuenta años, habría movilizado por completo a su autor". (p. 158) ¿Cómo no establecer entonces un paralelismo entre este plan de restricciones extremas, del que la figura del rompecabezas es el elemento central, y el seguido por el autor en su escritura? El propio Perec concibe así su obra, ya que escribe en 1974, en *Espèces d'espaces*: "Todo el libro estaba constituido como una casa cuyas piezas estarían dispuestas como las de un puzzle".

De hecho, el libro contiene, de principio a fin, varias referencias al rompecabezas: en primer lugar en su funcionamiento como tal; cada elemento extrae su significado del conjunto en el que encaja. En segundo lugar, el rompecabezas está en el centro mismo de la trama, ya que vincula a los principales personajes de *La Vie mode d'emploi* (Valène el pintor, Winckler el artesano y Bartlebooth el artista, tres caras del mismo espejo de autor). ¿Y cómo no leer una metáfora del oficio de escritor en esta descripción del arte del rompecabezas?

> *"De aquí deduciremos algo que es sin duda la verdad última del rompecabezas: a pesar de las apariencias, no es un juego solitario: cada gesto que el rompecabezas hace, el rompecabezas lo ha hecho antes que él; cada pieza que coge y vuelve a coger, que examina, que acaricia, cada combinación que prueba y vuelve a probar, cada ensayo y error, cada intuición, cada esperanza, cada desaliento, han sido decididos, calculados, estudiados por el otro."* (p. 251)

El personaje de Bartlebooth es más que el eje del libro, es su condición misma, ya que *La Vie mode d'emploi* termina en cuanto exhala su último suspiro, ese famoso "veintitrés de junio de mil novecientos setenta y cinco", cuando son casi las ocho de la tarde. La repetición de la fecha y la hora sirve para introducir la descripción de todas las actividades del edificio en ese momento exacto: Kléber está haciendo un éxito, mademoiselle Crespi está durmiendo, madame Marcia en su habitación está abriendo un tarro de pepinillos rusos... y "un agente inmobiliario viene a visitar el piso ocupado por Gaspard Winckler a altas horas de la noche" (p. 599). Así que aquí estamos, de vuelta en el primer capítulo de la obra, cuando todo desaparecerá pronto, en el momento mismo de la muerte de Bartlebooth. La muerte del personaje parece así contener todos los mundos, él que "quería que todo el proyecto se cerrara sobre sí mismo sin dejar rastro, como un mar de aceite que se cierra sobre un hombre que se ahoga, quería que nada, absolutamente nada quedara de él, que emergiera sólo como el vacío, la blancura inmaculada de la nada, la perfección gratuita de lo inútil." (p. 481)

Otro detalle inquietante que parece hacer de este personaje el doble perfecto de su autor es la pieza de puzzle que sostiene en la mano en el momento de su muerte, que "tiene la forma, largamente previsible en su misma ironía, de una W" (p. 600). Esta letra nos remite evidentemente al libro de Georges Pérec, *W ou le souvenir d'enfance*, una narración transversal en la que el autor cuenta su dolorosa infancia marcada por la pérdida de sus padres (su padre murió en combate en 1940 y su madre deportada a Auschwitz). Esta desaparición nunca dejará de perseguir y alimentar el conjunto de la obra de Perec.

VÍAS DE REFLEXIÓN

ALGUNAS PREGUNTAS PARA SEGUIR REFLEXIONANDO...

- "Busco lo eterno y lo efímero al mismo tiempo", escribe Georges Perec en *Les Revenentes*. *¿Qué relación guarda* esta cita con La Vie mode d'emploi?

- El personaje de Grégoire Simpson evoca otra obra de Georges Perec, ¿cuál?

- Se ha dicho que *La Vie mode d'emploi* es una crítica de la sociedad de consumo.

- ¿Cuáles son los distintos géneros utilizados por Perec en esta obra?

- ¿En qué sentido puede considerarse *La Vie mode d'emploi* una empresa autobiográfica?

- ¿Qué limitaciones de OuLiPo utilizó Perec en sus otras obras?

- ¿Qué características toma prestadas *La Vie mode d'emploi* de la Nouvelle Vague?

- La desaparición es un tema recurrente en la obra de Perec. ¿Cómo funciona en *La Vie mode d'emploi*?

- La escritura de Perec siempre combina tragedia y humor, ponga ejemplos de *La vida a su manera*.

PARA IR MÁS LEJOS

EDICIÓN DE REFERENCIA

PEREC Georges, *La Vie mode d'emploi*, París, Le Livre de Poche,
1986.

ESTUDIOS COMPARATIVOS

Página web de OuLiPo: http://oulipo.net/

PEREC Georges, *Espèces d'espaces*, París, éditions Galilée, 1974.

PEREC Georges, *W ou le souvenir d'enfance*, París, Denoël,
1975.

PEREC Georges, *L'Infra-ordinaire*, París, Le Seuil, 1989.

CHUNG Ye Yung, *El edificio, la caja vacía, la novela*, Literatura
no 139, 2005.

COLECTIVO, *Georges Perec*, Éditions Incultes, 2005.

Muchas más guías para descubrir tu pasión por la literatura

Cien años de soledad
de Gabriel García Márquez

Memorias de Adriano
de Marguerite Yourcenar

El amor en los tiempos del cólera
de Gabriel García Márquez

El Alquimista
de Paulo Coelho

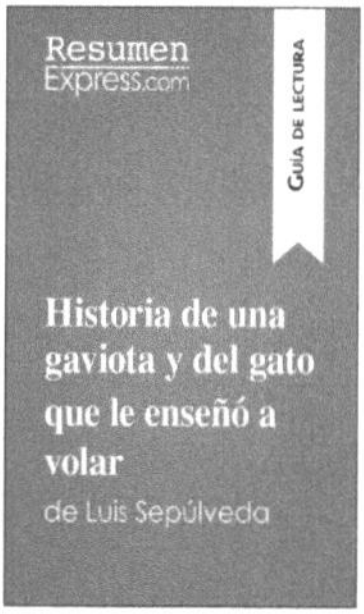

Historia de una gaviota y del gato que le enseñó a volar
de Luis Sepúlveda

Aura
de Carlos Fuentes

www.ResumenExpress.com